무학산을 보며

무학산을 보며

1쇄 발행일 | 2020년 09월 10일

지은이 | 도광의
펴낸이 | 정화숙
펴낸곳 | 개미

출판등록 | 제313 – 2001 – 61호 1992. 2. 18
주소 | (04175) 서울시 마포구 마포대로 12, B-103호(마포동, 한신빌딩)
전화 | (02)704 – 2546
팩스 | (02)714 – 2365
E-mail | lily12140@hanmail.net

ⓒ도광의, 2020
ISBN 979 – 11 – 90168 – 17 – 5 03810

값 10,000원

무학산을 보며

도광의 시집

개미

시가 의미 있는 것이 되자면 난해할지언정 어불성설語不成說이 되어서는 안된다.

그 예로 폴 발레리의 『해변의 묘지』를 보면, 흰 돛단배들이 떠있는 지중해를 비둘기들이 거닐고 있는 기와 지붕에 비유한 마지막 행의 이미지는 얼마나 눈부실 만큼 정치精緻한가. "저 오수에 빛나는 수많은 기왓장들, 돛단배들이 먹을 것을 찾고 있는 조용한 지붕 밑을" 또 『젊은 파르크』를 보면, "거기 무엇이 울고 있을까 거저 바람이 아닐진데 그런데 울고 있었다 울 때는 이렇게 내 가까이서……" 120행의 상징적인 이 작품을 완성하는데 5년이 걸렸다. 『해변의 묘지』나 『젊은 파르크』는 시가 난해해도 의미가 시의 보편성의 어느 언저리에라도 닿아 있어야 그 자체가 가치 있는 것이 될 뿐 아니라 또한 기존

의 우리 시의 보편성의 테두리를 넓혀주는 구실을
하게 된다.

　시는 보편성이 희박하고 지나치게 특수성에만 치
우치면 난해해지고 논리의 비약을 일으키기 쉽다.
　시가 시다워야 하는데 시는 없고, 언어의 특유한
옷차림만 현란하게 펄럭이고 있고, 순진한 아포리
즘aphorism이 화장을 하고, 그럴듯한 시로 진열되고
있는 이 시대에 시다운 모습을 갖고 있는 시가 드물
다고 말하고 싶다. 쓴 사람도 읽는 사람도 뭐가 뭔
지 알 수 없는 넌센스의 나열이나 실패한 은유들을
가지고 시의 특권이라고 오해하게 해서는 안 될 것
이다. 무엇보다도 많은 작품들이 어쩜 한 사람이 쓴
것 같은 느낌을 주었는데, 이 개성의 표준화에 대해
뭐라고 말해야 할까.
　훌륭한 시는 참으로 아름답다.
　슬프도록 불필요한 언어가 없다. 김소월, 서정주,
김춘수, 황동규(동백꽃), 이분들의 글은 군더더기가
없다. 그것이 얼마나 어려운가.

　도원동 수밭못 근처에 있는 팽나무가 서 있는 모

식당에서 조선일보 최보식 선임 기자와 1시간가량 인터뷰를 가졌다. 시를 오래 썼는데 서울에서는 알려지지 않았고, 서울에서 주는 상은 한 번도 받지 못했다고 했다. 최보식 선임 기자는 서울대학교에 다닐 때 시 공부를 했다고 했고, 조선일보에 있으면서 서정주 시인과 이문열 소설가를 만나 봤다고 했다. 「하양의 강물」 중에서 연작시 「우슬에게」가 좋다고 했다. 가장 마음에 드는 시를 묻기에 마음에 드는 시가 아직은 없다고 했다.

시를 쓴 지 50년이 넘었다. 15년 간격으로 시집을 낸 꼴이 됐다. 어린 시절 할아버지, 종조할아버지 따라가던 성묫길을 잊을 수 없다. 벼 익은 하늘이며, 목화밭 메밀밭 사이로 줄지어 펄럭이던 흰 두루막자락, 감빛 도포자락의 행렬이 눈에 선하다. 조부祖父, 종조부從祖父 얼굴을 지키는 상고上古의 능선이나, 그 능선을 주름잡던 성묘 가는 행렬의 물결이나, 계절마다 절후를 알려 주는 새소리, 개울물 소리, 높은 둑길의 저녁 어스름……
이런 소중한 것들이 호롱불에 깜박이며 사위어져 갈 뿐이다. 슬픈 일이다. 안타까운 일이다.

시인은 시로써 말해야 한다.

시가 있음으로 시인의 삶은 불멸하며 영생한다고 믿는다.

끝으로 대건고등학교 문예반 태동기를 사랑한다는 말을 해야겠다.

2020년 여름
도광의

차례

2부

3부

4부

1부

4월의 눈

노란 개나리 피는
자동차 종합시장 부근
설거지물 질척대는 골목 빠져나오니
눈이 오고 있다

눈은 수액 흐르는 아가위나무, 물오른 벚나무 가
지를 적시고, 가지들이 상큼한 입맛으로 눈 받아먹
으며 자동차 종합시장 부근을 덮고 있다

눈은 종이컵, 널린 꽁초, 기름때 묻은 쥐똥나무,
흙바람 일으키며 질주하는 덤프트럭의 요란한 클랙
슨 잠재워주기도 하고⋯⋯

눈은 또 바람에 날리는 비닐, 브래지어, 빛바랜
생리대, 노란 민들레 속잎까지 적셔주기도 하지
만⋯⋯

〈

　슬픈 세월을 돌아누운 설움까지 하얀 눈이 덮어
주고 있다

앞산 안지랑이

앞산 안지랑이 땅은
돌나물 이끼 낀 바위로 남았다
하이힐로 비탈길 오르는
분꽃 같은 엉덩이 노총각 마음 흔든다

오리나무에 물 오르고
봄바람 살랑대면
겨울 지난 프리지어 향기는
가시내 몸 냄새였다

안지랑이는 앞산 전설이 내려와
청구靑丘 천 년 세월에
임금 왕王 자字 네 개 때문에
앞산 땅이 펑퍼짐했다

산속 광천수 가득 담고

순후淳厚한 임심 나누는 앞산은
수수꽃다리 향기에 몸 부풀어
뒤태 비옥해진 가시내
임금 넷 낳고 할머니 되었다

앞산 안지랑이는
살결 뽀얀 아주머니 살았고
화전花煎 부쳐 먹으며
봄놀이 좋아한 할머니 살고 있었다

붕대

박 아가다 수녀님이
책으로 계단까지 가로막는
질소質素한 방 떠나
솔본느 대학에서 사온 베레모
머리 위로 지는 해 배경으로
사진 찍을 때 썼던 베레béret
애잔한 사연事緣 붕대로 감싸고 있다

이별이란, 이국풍으로 눈부신 웨딩드레스를 갈기
갈기 찢어 상처 감싸고 있는 것이다

이별이란, 사진 한 장 남기지 않고 생활이 돌아눕
는 사무친 그리움 꼭 끌어안고 있는 것이다

봄날에

복사꽃 화사한 몸이 화살나무 되어
복숭아 씨방 안에 도달하고는
산화散花하는 봄날에

상여 멘 상두꾼 목소리
복사꽃 언덕 넘어가는 봄날에

분홍 그늘에서 울고 있는 손자에게
"버스와 여자는 떠나면 잡는 게 아니란다" 가르쳐
주고
집 나간 할머니 영영 돌아오지 않는 봄날에

복사꽃 혼자 피고 혼자 지는 봄날에

봄 어귀

모롱이 돌아가는 기적소리에
봄이 실려 오고 있었다

앉은뱅이 썰매 타는 아이 콧물이
소맷자락 오지랖에 등개등개 붙어 번들거렸다

햇볕이 두꺼워지면
놀 데 없는 아이들이
씀바귀 얼굴 내미는 양지 쪽에 모였다

다복솔 다보록한 묏부리
또래들 코피 흘리며 싸우고 있었고
쑥대밭 머리엔 아들을 걱정하는
아버지 수심愁心이 누워 있었다

반야월은

반야월은
회와 가락국수를 팔고 있다
벽에 붙인 가격표를 보면
간단하게 만 원
적당하게 이만 원
잘 해오면 삼만 원
멋대로다
종숙이 살았을 때만 해도 반야월은
소소昭蘇한 마음이 모여 살았는데
종숙이 떠난 반야월은
먼 친척 여동생에게
수수밭에서 무르팍이 대이던
이성으로 남아 있는 곳이다

비슬산 대견사

세숫대야에 얼비치는 우뚝 솟은 절이다
작은 돌덩이 암괴류 너덜밭 오르면
비슬산 정상 뒤로 칼바위 절벽에 솟은 절이다
평지가 수미단須彌壇처럼 펼쳐진다

음陰 삼월 분홍 물결이 달 뜨도록 화사하면
달성 청도 땅이 젖먹이에게 젖꼭지 물린다

조팝나무 꽃

중참 먹고
밭고랑에서 담배 한 대 피우면
설워 우는 한 마리 뻐꾸기

햇볕 쨍쨍한 나절
길 복판에 퍼질고 앉아
투정하는 아이 눈물

쓸쓸한 음식이라고
木月 선생이 이름 붙인
묵 한 사발

팔베개로 눈감으면
배고팠던 시절에
하르르 지는
조팝나무 꽃

비슬산 참꽃

비슬산 유가瑜伽 마을에서
제자한테 엽서 왔다
참꽃 한창인데 술 대접 하고 싶다고
엽서가 왔다
정이 담긴 엽서 받고 보니
마음이 분홍 참꽃에 물들었다
몇 분만에 주고받는
이메일에 없는 체온 묻어 있는
정 많았던 시절의 종이 글씨 그리워진다
비탈 묵정 밭머리에 낮술 먹고
저 혼자 붉어지는 붉나무 살고 있는
마을이 그리워진다

순둥이 기다림

바다 보이는 오르막 오두막집
눈 반쯤 털로 덮인 순둥이 산다
할매 딸 사는 통영까지 가려면
배로 2시간가량 걸린다
초나흗날 달 안 나와
할매 돌아오지 못하면
푸랭이집 죽담에 앉아
긴털로 눈 가리우고 할매 기다린다
파랑波浪 물결 안 보일 때까지
사위四圍 눈멀어 안 보일 때까지
순하디순한 순둥이 할매 기다린다

박용래 朴龍來

첨단과학시대에

논둑의 자운영
외로울 때 만나고
산의 엉겅퀴
괴로울 때 만나는

바보 같은 시인이여

저승에서도 오류동 새장에서
시로 빚은 술 하염없이 마셨지만

논둑에 만나는 자운영
외로운 그림자는
산에 만나는 엉겅퀴
괴로운 그림자는

〈

무덤 앞에 엎어진 잡풀 되어
눈물로 흐르고 있다

바보 같은 시인이여

상화尙火 이상화李相和

비너스 사랑받았으나 멧돼지 엄니에 찔려 죽은
존 키츠를 〈아도니스〉로 통곡한 퍼시 비시 셸리 詩
처럼

"내가 읽은 모든 페이지 위에 모든 백지 위에 돌
과 피와 종이와 재 위에 나는 너의 이름을 쓴다"고
외친 폴 엘뤼아르 詩처럼

바위 자갈 징검다리 건너는 강물같이
구속 없는 바람결에 잎이 되고 구름이 되고 파도
가 되었다

봄산 적시는 눈

눈이 성글게 내리다가
탐스러운 송이 눈으로 바뀐다
배 고픔 허기 달래면서
함초롬히 봄산 적시는 송이 눈이
무덤덤한 남자 얼굴 싫다고
떼쓰고 투정 부려보았지만
과부 빠져 죽은 강물로 떨어진다

관상冠狀

유리창에 진회색 시트지 발랐지만
매에 쫓기던 꿩이 날아와서
유리창 깨트리고 죽는다

보洑 시멘트 바닥에 떨어진 두꺼비
못에 오르지 못하고 죽는다

세례자 요한의 경고를 묵살한 대가代價로
코로나(관상冠狀)바이러스에 병들고 있다

조종弔鍾

눈이 내린다
눈물의 눈이 내린다
눈물의 눈이 외로이
크라이오닉스* 정령精靈을 잠재운다

눈이 내린다
눈물의 눈이 내린다
눈물의 눈이 내리는 밤엔
눈물이 고체로 말라
한 마리 얌전한 요크셔테리아가 된다

*크라이오닉스(Cryonics):인간이나 생물을 얼음처럼 얼려서 냉동 보관하는 것

분늠分凜이 누나 가제 손수건

공산면 백안동 선하 집에서
분늠分凜이 선하 누나한테
색실 수繡놓은 가제 손수건 받았다
누나가 뜰에 심어놓은
봄꽃이 여름에도 꽃 피우고 있었다
풀잠자리 날아드는 밤
분늠이 누나 마음씨에 반해
한잠도 못 자고 뒤척였다
그 후 국문과를 졸업하고
스승의 날 제자한테
손수건 선물 받았다
연분홍 피에르 가르뎅 손수건에서
하얀 가제에 색실 수놓은 손수건 사이에는
얼마만한 세월이 흘러갔을까
"연분홍 치마가 봄바람에"로 시작해서
"봄날은 간다"로 끝나는 가사에는

얄궂고 실없이 보내는 봄이 아니던가
일 년 한두 번 만나는 모임에서
주름진 선하 얼굴 볼 때마다
분늠이 누나가 심어놓은 봄꽃이
여름에도 꽃 피우고 있는
분늠이 누나 마음이 아로새겨진
손수건 한 장 생각난다

2부

누에다리

수밭못에 누에다리 놓았다
월광수변공원月光水邊公園에 가려면
누에다리 건너야 한다
구불구불 다리 위로 걸음 옮기면
쌀 삼백 석 쌓인다는 세 개 봉우리 보인다
못가 버드나무 가지 축축 늘어진
오리나무 십 리 길 수밭고개 보인다

종일 못물 찰랑이는
산 가까운 수밭못 아래 동리洞里
눈이 지붕 희게 덮고
누에다리까지 덮이면
박속같이 고운 마음이 모여 사는
소박素朴한 마을이 된다

금호강 미루나무

　동지 지나고 해 길면, 정이월正二月 미루잎이 보름 간격으로 손톱길이만큼씩 자란다

　삼월은 두 변 길이 같은 등각等角 삼각형三角形
　사월은 다도해 가까운 바닷바람
　오월은 마침내 하나의 여자가 된다

　여자는 금호강 세천細川 미루잎이 갈색褐色으로 변하는 것 보고는, 범랑泛琅 같은 우리 사랑도 변하지 않겠느냐고 흐느끼고 있었다

느티 팽나무 녹엽 그늘이

팔공산 능성동 사잇길
느티 팽나무 녹엽 그늘이
와촌 대구 경계에 있다

도시솔미솔 파라라 솔시레파미레도……
음지陰地에서 양지陽地로
바람이 악보 읽으며
음양陰陽 땅 지나간다
라벨이 프로코피에프 스트라빈스키로
한 음표 빠르게 지나간다

리릭 콜로라투라 소프라노
여자는 바람의 랩소디로 서성이다가
오월이 유월로 건너는 경계에
연두 초록 사이 오월이 있다
초록 진초록 사이 유월이 있다

〈

비 한차례 내리면
초록이 진초록 될 텐데
와촌 대구 경계에
짙푸른 여름 바다가 된다

어떤 적선積善

갈꽃 돌아보는 나이라서
이리저리 어수선하다
새 부리짓이 바쁘다
무밭에 물 주려는데
잠자리 물 위에 떠 있기에
납작돌에 얹어 놓았다
물 두세 차례 주고 보니
잠자리 없어졌다
어릴 때는 잠자리 찢었는데
나이 들고 세상 달리 보는 눈이
잠자리를 건져올린 것이다
적선積善이라고 말하지 않겠지만
갈꽃 돌아보는 나이라서
적선을 행했던 것이다

늙은 술병

볼 고운 여자는 오지 않았다

서울 강남은 보톡스 맞는 얼굴 많지만
대구 도원동은 쌀뜨물로 얼굴 가꾸는 여자 있다

봉긋한 야산 너머 꽃망울 맛봐야
산새 울음 언 땅 녹이고
방초芳草 바위틈 기어나온다

Where are you from

볼 고운 여자는 오지 않았다

정우섭 씨

용인傭人 정우섭 씨가 휴게실로 난로를 설치하러
왔다

"선생님예, 저 이월 달에 그만둡니다"

"왜요? 무슨 일이 있어요?"

"정년퇴임이라예"

"아, 벌써 그렇게 되었습니까?"

"교장 선생님이 몇 년 더 봐줄라꼬 하는데 힘들어
서 인자 못합니더…… 자전거로 두 시간 반 걸리거
든예, 요새는 자동차 때문에 자전거 댕길 곳이 없어
예, 마카 옛날 같지 않아 이젠 못하겠심더"

"정 주사, 차 한 잔 드시지요"

"아이고, 선생님 고맙심데이"

운동장에 행사 끝나고 나면 도시락 반잔이나 빈
병을 자전거에 싣고 가는 정씨를 가끔 본다. 나는
안락과 나태한 습속習俗에 빠져 출근이 늦는데, 육

십 리나 되는 거리에서 출근한다. 나는 시를 쓴답시고 심각한 표정으로 창밖에 눈을 주고 있을 때, 나무에 물을 주고, 쓰레기 분리수거를 하고, 연통을 철사로 묶는 정씨는 부지런하기 그지없다. 전직 대통령 이야기에 열을 올릴 때도 아랑곳하지 않고 묵묵하다.

용인傭人 정우섭 씨가 난로를 설치해놓고 갔다. 자전거 페달 밟으며 발을 옮기고 있을 그를 생각하고 있는 동안, 휴게실 난로는 수증기 올리며 주전자 물이 끓고 있다

날도래와 까치

한철 사는 쓰르라미 가여워 보이지만
이마 무늬로 날도래 더 가여워 보인다

이마 무늬로 가여워 보이는 날도래, 모래 나뭇잎
꽃대궁 엮어 실고치 집짓고 산다

배 희고 검은 머리 검은 등이 광택나는, 차경借景
좋은 높이에 둥지 틀고 사는 까치는, 설 쇠고 둥지
수리하느라 쉴 틈 없고 짝짓기 하느라 분답다

외로움 달래며 우는 쓰르라미보다
반가운 손님 온다고 우는 까치보다
추우면 타원형 집 이끌고 이사 다니는
얼음 반짝이는 개울에서 설 쇠는 날도래는
세로로 난 작은 이마 무늬로 더 가여워 보인다

사위어 가는 것

후미진 길 끝 상엿집 보인다
희빈 장씨 사약賜藥으로 쓰인
천남성天南星이 녹색꽃 쳐들고 있다

풀섶 개별초 별 모양 반짝이고
꽃다지 바위 노랗게 덮고 있다
우리 꽃은 작고 여려 죄 잘다

오백 년 의誼 좋게 살고 있는
암수 회나무에 몸 비비면 병 낫고
경칩에 빗구슬 같은 봄비
미신의 돌담 허물고 있다

트로이메라이

마산 가포 바다 물결이 미백微白을 일으켜 남자 뺨 찰싸닥 때려야 여자가 남자를 잊을 수 있다고 말했다

남해 창선도 바다 물결이 파랑波浪을 일으켜 남자 뺨 세차게 때려야 여자가 남자를 잊을 수 있다고 말했다

여수 소리도 바다 물결이 풍랑風浪을 일으켜 남자 뺨 사정없이 때려야 여자가 남자를 잊을 수 있다고 말했다

세월이 흘러 줄사철나무에 눈이 내려, 회오悔悟의 깊은 수렁에 눈이 내려, 푸른 줄사철 잎이 슬픈 빛 띠고, 여자가 남자 뺨 미련 없이 때려야 여자가 남자를 잊을 수 있다고 말했다

〈

　그리고 작은 시내가 아니라 큰 바다가 만드는 파
란波瀾을 보아야 여자가 남자를 잊을 수 있다고 말
했다

세상이 누추해지기에

산굽이 흐릿하다
못둑 나무들
집 앞까지 내려왔다

얼었던 물 풀리면서
개 짖는 산그늘이
못물에 잠긴다

얼음이 덜 녹은 가장자리엔
간 밤 내린 눈으로 하얬다

세상이 누추해지기에
그런 풍경이라도 남았으면 좋겠다

남풍이여

무시구뎅이 파서 무 꺼내 먹고
섣달 허기진 날 견디고
보리 익는 소만小滿 가까이
해산한 몸 풀어주던
남풍이여

모래 흰 강 밑 납자루 모래무지 환히 보이고
진달래꽃 지게 타고 산 내려오는
금장옥액金獎玉液 물소리 흐르는
남풍이여

달짝지근한 진달래 따 먹고
알싸한 찔레 꺾어먹고
늘컹한 무 순筍 잘라 먹고

서러운 섣달 견디고 나니

사내 뼛속까지 녹여주던
남풍이여

행복 없는 이 시대

행복 없는 이 시대
농사 지으며 그 마을에서 살다
그 마을에서 묻힌
종숙 재종숙 삶이 그런대로 행복했다
줄기 뻗은 잔디로 봉분 만들고
서물庶物을 익게 하는
햇볕 밟고 내려오니
종숙 재종숙 순순順한 마음 씀씀이
겨울을 보낸 풀처럼 자라고 있다
퇴비 말리던 억새 양달에 널고
비단 쪽풀 응달에 말리던
산에 자란 풀이 쪽빛보다 고왔던
고향 땅이 적막해 진다

하양河陽의 강물①

까치 소리에 구름 모였다 흩어졌다
는갠지 안갠지에 가려서
강물 안 보이더니
무학산 등성이에 올라가니
하양의 강물이 햇볕에 드러났다
구릉丘陵 쏘다니는 백수白手들 고함이
우악스레 들리기도 하지만
갈꽃 능선 오르다 보면
슈만의 트로이메라이 선율에
멘델스존의 아베마리아 선율에
하양의 강물이 흐르고 있었다

하양河陽의 강물②

하양의 강물은 늘 그렇게 있어야 했다

강반江畔 버들가지 꺾어 잘게 갈라서
술 얼룩 성감대 자극한 여자 단내를
흰 모래톱에 씻고 돌아왔다
스테판 말라르메 '얼어붙은 호수' 쪽으로
기우뚱했던 말잔치도 닦아냈다

방학이라고 돌아온 버들숲이
아카디아 라도 강변에서 목욕하는 수정水精들이
세일러복 입은 여자임을 알았다

강 저쪽 남자 노래하고
강 이쪽 여자 화답하고
이쪽저쪽 강물에 잠긴 버들숲이 손뼉 치고
녹색부전나비 빙빙 돌며 날아다니고

〈
하양의 강물은 늘 그렇게 있어야 했다

하양河陽의 강물③

물 햇볕河陽으로 꽃 피운 구활具活 문학이
문등門燈이 둥근 등피橙皮에 집 지은 제비 슬기같
이
하양 땅 바짓가랑이로 휘젓고 다녔던
초롱 눈망울 등촉燈燭 같은 문체로 빛났다

하양에서 청천 사과밭 사이 휘어도는
은하銀河 푸른 강물에 목욕하던 수정水精들이
뽀얀 젖가슴 얼룩 남기는
남정男丁네 상스러운 말에 도망갔지만
강안江岸 모롱이 돌아가는 기적소리에
하양에서 꽃 피운 구활具活 문학이
물빛 사랑 풀꽃으로 피어났다

하양河陽의 강물④

　버들잎이 모여 들자락을 쓸고 있는 정거장 뜰 앞
에서 고향 친구를 만났다. 주름진 얼굴이 지고至高
한 세월을 말해준다. 좌판에 앉아 술잔을 주고받으
며, 서울 사는 그대처럼 늙지 않을 수 있지 않았겠
느냐고 묻는 동안, 금호강 둑길 위로 석탄 연기 뿜
으며 구름보다 느리게 기차가 지나가던 시절이 가
물거린다.

하양河陽의 강물 ⑤

어디서나 은물결 반짝이던 곳이다
물수제비 담방담방 뜨먹기 하던 곳이다
분꽃 같은 자색姿色 분이粉伊 만나면
한꺼번에 꽃잎 오므리고 벌어지던 곳이다

물뜨미 돌아가는 기적소리에
강물이 소용돌이쳤고
더디게 기차 지나가던 곳이다

비에 젖은 '하양'이란 두 글자
빨간 불 시그널에 졸고 있던 곳이다

3부

비지鄙地

시골 남정네가 목침木枕을 베고 누워
서울 사람한테 맑은 공기 팔아 돈 벌겠다는 꿈꾼다

꿈에 읍사무소 추곡매장秋穀買場 지나다가 추운 면
도날로 수염을 깎고 있는 측백나무 맨살을 보고, 서
울 사람한테 맑은 공기 팔아먹다가는 예닐곱 살 먹은
딸애의 순정까지 팔아먹겠다면서 헛소리를 해댄다

귀향

다리아 꽃물결 화사한 과일들이 미소지운 공간을 이야기하고, 이슬 내리는 소리 들으며 습기 찬 공지空地를 지나 물푸레나무 그늘에 엎드려 짐승들의 순량한 육성을 듣는다.

강 건너 다가오는 버드나무 원경遠景, 끊어질 듯들리던 물고기 첨벙소리, 찰랑이는 물빛 청동색 강물로 번쩍인다.

금빛 고독한 장소는 슬프지 않을 빛깔 띠어야 했다. 한 가지 부족한 것은 네게 없었고 조락凋落해 가는 것들은 빛나는 원의願意였다.

갈대 사운대는 축일祝日의 전야, 장미의 빛깔로 울고 있는 그대는, 어린 날개를 펼쳐 당신께 의지하는 모든 저항은, 고요에게 맡긴다.

우수의 그늘을 지나 쉬게 할 시간은, 당신의 주위를 돌며 실의와 아픔에서 깨어나 헐벗고 우울한 가을은, 슬픈 빛이 스스로 몸에 스미어 적막 속으로 내려간다.

꽃물이 든 안경 하나

팻자국으로 윤潤이 나는
청마루에 앉아 박용래朴龍來 시를 읽는다
박용래 시를 닮은 무채색無彩色 야산을 본다
한낮 더위에 지친 자줏빛 제비꽃
잠자리 날개인 양 얇아져 간다
볕 대신 벗어 놓고 가버린 안경 하나
청마루 헌책 옆에 놓여 있다
꽃물이 든 안경 하나
무채색 마음 곁에 놓여 있다

녹우綠雨

후박나무 잎 넓은 가지에
마음 하나 미끄러지다
마음 빗소리 채우고 돌아오다
초록에 미끄러지는 빗방울
아라베스크 오수午睡에 스미면
초록이 아취형으로 늘어져
초록이 빗물에 씻겨간다
빗줄기에 긁힌 회상의 물결소리
추억 한 장면이 보인다

빈집

감물 같은 어둠이 앉는 고샅길
토막나무 물어다 지은 까치집
비 와도 속 젖지 않는다
푸렁이 수박 닮은 지붕 밑으로
조금만 비 와도 죽담 젖는다
나이는 가만있어도 머리 희게 했고
집 앞 길 밑으로 기차 지나가도
우체부 발길 끊어진 지 오래다
두꺼비는 풀잎으로 집적거려야 움직이고
심심한 풀들이 일어났다 누웠다 한다

백일몽白日夢

대낮에 뻐꾸기 울면,
"아이고, 고놈 팍팍하게도 운다"고 하시던 어머니
생각에 먼젓번 살았던 집 찾았다. 버들꽃 날리는 대
낮, 수척한 어머니 그늘에 앉아 계셨다.
뒷마당엔 당신이 심은 흰색 빨강 접시꽃이 피어
있었다. 환한 대낮에 뻐꾸기만 더욱 팍팍하게 울고
있었다.

가랑잎 학교

떫은 도토리 눈 속에 묻었다 먹었다. 보라 깽깽이
풀, 소코뚜레 만드는 노간주나무에 침엽이 나온다.
신갈나무 굴참나무 숲에서 바람 불 적마다 잎들이
실로폰 소리 낸다. 햇빛 좋아하는 기화식물 해거름
에 누웠다. 목이 긴 기린초, 긴 다리 물 위로 미끄러
지는 소금쟁이 한 번도 물에 빠져본 적 없다. 풀꽃
방망이 만들다 돌아가는 발밑에 가랑잎이 배고파
사박거렸다. 소꼴 망태기 메고 꽁보리밥 먹는 아이
바짓가랑이 늘 풀물이 묻었다.

수련

고향 집 과수원 연못에 자랐다
말굽 모양의 잎 물 위에 뜨고
여름에 흰 꽃 피워 올렸다

춘수春洙 선생이 수련에 반한 적 있었다
마음 수련하려고 분盆 하나 샀다
남쪽 창이면 늦게 깨기 시작한다
동쪽 창이면 일찍 눈떴다 잠든다
해 중천에 올랐을 때 절정 뽐내다
오후 늦게 꽃잎 닫는다
삼일 동안 꽃잎 열고 닫기 반복한다
꽃 지면 새 꽃대 올라온다

고향 집 과수원 연못이 그리워
플라스틱 분盆에 수련을 담아
아파트 창 앞에 놓고는

마음 수련이 되었는지
조금은 적게 마신다

조왕신이 도와야

스마트폰 만지작이며 노는 재미에 빠진 젊은애들이야 나이 먹는 줄 모르지만……

여울져 흐르는 시냇물에 모여 재잘대는 새들이야 세월 가는 줄 모르겠지만……

한 해 저문다고 한 해 마지막 눈이 내린다고 초립草笠둥이야 서둘 일 없겠지만……

한 해 저물기 전 절 부엌 뒷벽 조왕단에 시주施主해야 나귀가 물살 빠른 개울 건너 소금섬 끌어준단다

검불 문은 바람에 첨지 발걸음 재촉하고, 아들 낳았다고 새끼줄에 고추 달아 삽짝에 긍구兢懼치고, 부뚜막에 엿을 붙여 섣달그믐께 조왕신 입막음해야

한 해 무사히 넘긴단다

대왕암 바다

대왕암 가는 길
왼쪽이 서해, 오른쪽이 동해라고
朴宗海 詩伯 이야기에
아름이 넘는 곰솔이 궁륭穹隆 이루고 있다
자전거 페달 밟고 오르막 오른다고 가상假想해 보
자
왼쪽 바퀴 사이 해국海菊 보일 것이고
오른쪽 바퀴 사이 해당화海棠花 보일 것이다
자전거 페달 밟고 오르막 올라
바다 지평 본다고 가상해 보자
왼쪽 바퀴 사이 서해 보일 것이고
오른쪽 바퀴 사이 동해 보일 것이다

대왕암 울산 바다
아무것 안 하고 노는 것 같지만
오수午睡에 빛나는 발레리 바다같이

슬프고 애닲은 청마 바다같이
외로운 여행 늘 하고 있다

후난성 마교馬橋에 있었던 일

해 보는 날 드물어 하늘에 해 뜨는 것 보면 개가 수상히 여겨 짖는 촉견폐일蜀犬吠日 타향에서 시집 생활 끝에 동생 보러 친정에 왔다. 장가는커녕 쪼그라들어 숨도 못 쉬고 고달프게 살아온 동생을 보고 눈물로 뼈가 마른다고 해도 이토록 세상이 무정할 수 있느냐고 한탄했다. 방 하나 이불 하나라서 부뚜막 옆 바닥에 쪼그리고 잠 청하는 동생에게 속옷 풀어헤친 채 "그냥 모르는 사람으로 치고 한번만이라도 여자 맛을 느껴 보렴" 하고 외쳤다. 동생은 문을 박차고 비바람 속으로 사라져 버렸다.

춘일한春日閑

쪽마루 동바리 제법 높았다
신발 두 켤레 놓임새 서로 다르다
분홍 꽃신 가지런하다
검정 갖신 후다닥 벗은 티 난다
어지간히 급히 방에 들어간 모양이다
방에서 벌어진 교태嬌態 볼 수 없다
뒤란 살구꽃 시나브로 지고 있다

무학산을 보며②

인디언 추장 후투티 닮은
무학산에 서설瑞雪 내려야 봄 길다
친정 다니실 적 아득한 산등성이다
분이粉伊 시집 가던 날
톨스토이 루진이 벌판처럼 눈이 왔다
첫날밤 울고 떠난 분이는
친정 한번도 오지 않았다
그리고 무학산엔 서설이 내리지 않았다

능선이 닿는 산동리에 길 나고는
네온사인 휘황輝滉한 달 떠오르고는
대처大處 사람들 붐비고는
영태 종달이 마을 떠났다

청람靑藍 풀 억새 하늘거리는
읍내 오르내리던 토농土農이 안 보인다

벌레처럼 모래처럼 반짝이던 강물이
미라처럼 누워있다

무학산을 보며③

남록南麓은 구부러진 능선으로 이어져
청려장 짚고 구름 산마루 넘는다
빨간 해 노란 장다리 밭에 숨지만
문중門中에 내려오던 양속良俗이
무학산 서늘한 높이로 내려왔기에
상고尙古의 풍습으로 이어졌다

대목

바람 벽에 못 힘껏 친다고 못 잘들어가지 않는다는 것 안다

바람 벽이 버석해도 못 부드럽게 넣고 빼는 것 안다

버석한 바람 벽에 수액 바르고 못 박으면 잘 들어간다는 것 안다

장마 끝나고 벼락치던 마당에 말목末木 밀어 넣으면 쑥 들어간다는 것 안다

나무뿌리 횡단면에 생기는 나이테 보지 않고도 깎고 다듬는 끌 촉감으로 나이 고향을 안다

여자들이 헐거워진 복부 죄는 레깅스 입고부터는
여자들이 몸에 꽉 끼는 스키니진 입고부터는
남자 여자 밑에 슬슬 기는 요즘 세상은

찐득찐득한 오일 발라야 콘크리트 벽에 못 들어
간다는 것 안다

여근곡女根谷

경주 건천 오봉산 지나다
오봉 능선 바라고 섰는
위로 흰 구름 일고
아래로 선홍 구름 인다
오봉 능선 세심細心이 바라보니
이내 낀 질膣 같은 구릉 아래
흰 구름 선홍 구름이 뒤섞여
색신色身 고운 누드로 나선裸跣으로
피카소의 아비룡 처녀들로
일월성신日月星辰이 뜨거운 몸 하나가 되어
삼라만상이 생식生殖되고 있다

사초莎草 가는 잎들

키 낮은 봄까치꽃 그림이 걸린 욕조浴槽 안,
여자 거웃이 부추기는 거뭇거뭇한 사초 가는 잎
들이 일렁인다

장끼가 까투리 등에 올라타고
시도 때도 없이 야단법석 떠는 것
콩밭 고랑에서 보지 않았던가

낮술 먹고 여자 탐하기 좋아하는
남자 서글픈 욕정을 알 수 없었다

4부

강물은 흐르기만 하고

세상은 잔치집으로 떠들썩하지만
어느 곳에선가 울고 있는 사람이 있다
발길 돌려 오게 해 놓고는
강물은 흐르기만 하고
알고 있는지 모르고 있는지
싸가지 없는 가시내
강물은 흐르기만 한다
상처는 아물었는지
상처는 덜 아물었는지
아무것도 모른 채
강물은 흐르기만 한다

열차가 모량역毛良驛 지날 때

木月선생 생가가 있는
열차가 모량역 지날 때
산수유 개나리 하도 피어
역사驛舍 지붕도 산수유 개나리로 노랗다
그래, 木月에겐 산수유 노랗게 흐느끼는 봄이다
열차가 모량역 지날 때
앉았다 날아가는 못가 까치들
찰방찰방 못물에 잠긴다
木月선생 생각하는 마음도
찰방찰방 못물에 잠긴다

프리지어

음료수 병에 꽃 한 송이 꽂아놓는다.

"윤양, 꽃 이름이 뭐지?" 물어도 콧노래 웅얼대며 비누거품 내며 거울 유리를 닦는다. 서양병꽃나무 이름 알고, 새 이름 많이 아는 윤양 표정이 봄을 부르고 있다.

"윤양, 그 꽃 이름 뭐지?" 몇 번 물어도 철 당긴 강아지버들 입 오므린 산당화에 물 찰찰 넘치도록 항아리에 꽂아놓는다. 나는 하던 일 놓고 창밖 보며 노랑나비 한 마리 장다리 밭에 앉았던 고향 텃밭을 잠시 생각하는데 "선생님, 그 꽃은 겨울에만 피는 프리지어예요 봄에 피는 아자레아보다 이름이 더 예쁘지요" 말하며 활짝 웃어 보인다.

"프리지어 프리지어" 속으로 되뇌며 나무 꼭대기에 겨울 풍경으로 높다랗게 떠 있는 까치집이 고층 아파트에 가려 잘 안 보이는 먼 산에 산까치 발목에 묻어 있다는 잔설이 남아 있었다.

소월리 애가哀歌

뜰이 치자꽃 하얀 향기로 물들었다
보라 수국水菊꽃 피우지 못했지만
연분홍 구름 국화는 꽃 피웠다
주황 껍질 속씨 빼고는
입 안 가득 부는 꽈리도 심었다
지갑紙匣 지폐는 술로 구겨졌고
수심愁心으로 보내는 어머니 눈길이
살고 싶은 세월을 등지고 누워 있었다

시의 일지 日誌

돈으로 행복 살 수 있다고 말해도
돈으로 행복 살 수 있다고 말해서 안된다

사랑 아니면 죽음이라고 말한 그대까지도
돈 아니면 사랑 지킬 힘이 없다는 그대까지도
살짝 벌어진 호박꽃 입술에 벌이 들어가려는 몸
부림에도
시는 저항의 목소리이어야 한다고 말해야 한다

시여, 어쩌란 말이냐
주자도 죽기 사흘 전까지 「대학」 주석을 고쳤다고
하더마는 시를 고치고 고쳐 저항시 쓰려고 했지만
쉽게 쓰여지지 않았다.
시여, 어쩌란 말이냐.

순진純眞과 유치幼稚

눈길 끄는 낱말이 Childlike와 Childish다
차일드라이크는 순진, 차일디시는 유치다
차일디시를 어른께 쓰면 모욕 뉘앙스 스민다
세상 약삭빨라질수록 순진 간직해야 맛이 난다
김상기 학과장이 이양하 교수 소개紹介 때
수도원에서 방금 나온 순진한 얼굴이었다고 한다

얼굴 못 본 뻐꾸기, 가슴 앓는 박새

　얼굴 못 본 뻐꾸기 소리 디딜방아 찧던 엄마 등에 업혀 들었는데, 뻐꾸기 얼굴 한 번도 보지 못했다고 말한다면, 사진 한 장 보여주며 색시 얼굴 참하다고 말하는 중매쟁이 다를 바 없다

　음울한 마음 가라앉히는 청옥靑玉 같은 물소리, 정금열매 까만 금낭화 꽃길 걷다보니, 동박새 금목서金木犀 회갈색 가지에서 울고 있었다

　먼 산에 뻐꾸기 트럼펫 불고, 산비둘기 작은 북소리 내고, 수탉 홰치는 소리 영락없이 심벌즈 소리다

　동네 옹달샘 찾은 박새 한 마리 쭈이찌 ~ 쭈이찌 ~ 가슴 앓는 소리 남기고 간다

한열 아재

　얼갈이 배추 심으러 가다 배추부침개 막걸리에 취해 또 어중간해진다

　강냉이 겨드랑 주머니 옆 행랑 같은 수염 단 잎사귀들 적삼 스쳐가는 소리에 와삭거렸다

　줄기 끝 수꽃 이삭이 겨드랑이에 수염 같은 암꽃 이삭 달린 밭고랑에 엎어져 낮거리해야 낟알 굵는다고 낮술에 벌게진 한열 아재, 마을에서 볼 수 없었다

리트머스 시험지

양楊 선생은
봉급 받는 재미에 출근을 한다
계절이 바뀔 적마다
단추 하나둘 떨어져 있었다
문과 여학생이 싫어하는 화학시간에
그리움 따윈 없다고 말한 양 선생이
참새처럼 재잘대는 여고생에게
버들꽃 날리는 창밖을 보며
파빛 파아란 하늘에
하얀 눈송이 흩날린다고 말했으니
화학선생 양춘랑楊春郎을 얼마나 놀려댔겠는가
리트머스 시험지 알카리성 만나면 청색이 되든지
산酸성을 만나면 적색이 되든지
양 선생 화학시간 교실은
구름 떠다니며
로렐라이 물의 요정이, 아베마리아 선율이

양 선생 놀리는 음성으로 흐르고 있다

추위에 얼어도

목덜미 훑고 삭정이 부러뜨린다
햇볕이 달아도 손은 시리다
봄이 올 기미 없는데
양지엔 보리 웃자랐다
땅바닥에 납작한 광대나물 자랐다
목소리 고운 어치 한 쌍
사과나무에 앉아 있다

고향 안산案山에서 ①

추억의 소나무 없어졌고
무덤이 띄엄띄엄 흩어져 있었다
마을 돌아 흐르는 강물이 눈에 들어왔다

할미꽃 마타리꽃 피었는 묘역 가까이
까막까치 놀고 있었다
황순원 「일월日月」은 출생 신비성을 말했지만
평생 인간 구실한 죽음이야말로 얼마나 엄숙한가

소주병 뒹구는 비탈 내려오니
무덤엔 노랑나비 한 마리 앉아 있다

마을 건너 산이 있고
산 가운데 강이 흐르는
산불고山不高 수불심水不深이라더니
눈물조차 안 나오는 풍경이다

고향 안산案山에서 ②

조청 만들던 새댁 같은 머리로
다소곳이 앉아 있는 무릇도 보고
황금 꽃술 금불초金佛草랑
검은 표범 무늬로 산길 두렵게 하는
범부채 꽃잎도 만난다
바람 자는 꽃그늘에 돌아앉아
뉘우침 많은 잎들의 울먹임도 보고
때垢 타지 않는
흰 옥잠화 하늘거림도 본다

Are you Loneliness

초롱꽃 나팔꽃이 외로운가
시인의 고독이 외로운가

초롱꽃 은은한 종소리 초록 바다에 떠 있다 해도
나팔꽃 환한 목소리 세상을 광휘롭게 한다고 해
도
초롱꽃 나팔꽃이 '외롭다 외롭다' 말해도
홀로 꽃 피어 열매 맺는 외瓜는
'외롭다'고 말한 적 없다

시인의 고독이 당의糖衣를 입히고 센티멘탈로 포
장한다고 해도
시인의 고독이 아름다움으로 파멸시킨다고 해도
홀로 꽃 피어 열매 맺는 외瓜는
'외롭다'고 말한 적 없다

길 떠나다

흰 자작나무 숲이
은종이 소리 낸다

라라 따라가는 지바고처럼
침목枕木 따라가는 플랫폼처럼
길 떠나다

길 떠나기 전
청서당廳黍堂 옆에 수수 심었더니
사운거리는 소리 듣고 싶어진다

그대까지도

옛적엔 수더분한 씀바귀꽃이
남자 마음 편하게 해 주었는데
요새는 수더분히 피던 씀바귀꽃도
남자 마음 편하게 해 주지 않는다
반가운 손님이 온다고 울던 까치가
꽃실花絲로 치장한 까치 여자가
떼로 몰려다니며 수다스레 야단법석이다
사랑이 아니면 죽음이라고 말한 그대까지도
돈이 가는 곳에 정이 간다고
돈이 아니면 사랑이 아니라고 말하는
그대가 되었다

막말

일 망치는 일이다
모욕 준 사람과 마주앉아
이야기 주고받는 마음 생기겠는가
카타르시스 말고 얻는 게 무엇일까
시(言+寺)는 막말을 세탁해 주는
상온常溫에 기화하는 드라이아이스같이
사람과 사람 사이에
아름다운 말 만들어
막말을 막아준다

이럴 때가 있다

아무 없는 곳으로 숨고 싶을 때가 있다
막다른 골목으로 치닫지 않아도
아무 없는 곳으로 숨고 싶을 때가 있다
나이 잘 나간다고 아니라
정치 풍설이나 책략 음모에 떨어져
아무 없는 곳으로 숨고 싶을 때가 있다

여자는 아니고 암캐도 짖지 않는
주막에 앉고 싶을 때가 있다

해설

팔순의 귀가,
고향의 강이 된 시인의 서정 공간

── 都光義 詞伯의 『무학산을 보며』를 위한 헌사

오양호 문학평론가

팔순의 귀가, 고향의 강이 된 시인의 서정 공간
— 都光義 詞伯의 『무학산을 보며』를 위한 헌사

  도광의 시인이 마침내 시집을 상자한다. '마침내' 라고 하는 것은 그의 시력이 반세기가 넘는데, 흑발 장신의 청년문사가 팔순 노구의 원로가 되었지만 그는 시집 출판을 미뤄왔다. 시를 경외하기 때문이다. 세상의 시인들이 시를 너무 잘 써서 스물다섯 살에 시인이 된 도광의가, 겁도 없이 시를 자꾸 쓰는 시인들에게 겁을 먹고, 시는 써서 안주머니에 넣고 다니며 술을 마시고, 봄이면 '연분홍 치마가 봄 바람에……'를 부르고, 가을이 오면 시 농사는 거둘 생각은 않고 '울음이 타는 가을 강'처럼 자작시를 흥얼거리며 안지랭이가 저만치 보이는 못 언덕으로 밤늦은 귀가를 했다.

시인 도광의는 아직 고향 경산군 와촌면 동강리에 산다. 그의 몸은 일찍 고향을 떠났지만 그의 심상지리는 여전히 동강리가 현주소다. 그 고향에는 '버들꽃 날리는 대낮, 수척한 어머니 그늘에 앉아' 계시고, '뒷마당엔 당신이 심은 흰색 빨강 접시꽃이 피어' 있는데 환한 대낮 뻐꾸기가 운다. 어머니는 그 소리를 들으며 '아이고 고놈 팍팍하게도 운다'(「백일몽」)며 대문을 열어 놓고 아들의 귀가를 기다린다.

도광의 시인은 그의 시의 반을 고향에 바치고 있다. 그가 시인이 된 게 東江里라는 아름다운 이름 때문이고, 동강리 강물이 흐르듯 그도 세상을 강물처럼 흐르고 머물면서 얼굴에 주름을 남기며 아무도 기다려주지 않는 세월이지만 그래도 큰 탈 없이 살아온 까닭이다. 지금 고향은 적막하다. '집 앞 길 밑으로 기차 지나가도/ 우체부 발길 끊어진 지 오래다.' 그러나 그곳은 여전히 구원의 공간이다. '두꺼비는 풀잎으로 집적거려야 움직이고/ 심심한 풀들이 일어났다 누웠다 한다.' 풀이 심심하여 두꺼비를 집적거린다면, 풀이 일어났다 누웠다 하며 용을 쓴다면, 그 풀의 수작이 수상쩍다. 풀과 두꺼비 사이에 무슨 은밀한 일이 벌어질 낌새다.

시집『무학산을 보며』는 몇 개의 이미지 다발들이 시집의 특징을 형성한다.

1. 장소애

연작「하양의 강물」의 강은 시집『무학산을 보며』의 중앙을 흐른다. 시인 도광의에게 하양의 강은 유년기가 현재로 남아 있는 이미지로 기능한다. 인간의 삶이 하나의 여행이라면 여행은 집을 떠나는 것이 시작이고, 귀가하는 것이 마무리다. 도광의는 이제 그의 여행을 하양의 강물로 되돌아오면서 그의 여행을 끝내려 한다.

어디서나 은물결 반짝이던 곳이다
물수제비 담방담방 뜨먹기 하던 곳이다
분꽃 같은 자색姿色 분이粉伊 만나면
한꺼번에 꽃잎 오므리고 벌어지던 곳이다

물뜨미 돌아가는 기적소리에

강물이 소용돌이쳤고
더디게 기차 지나가던 곳이다

비에 젖은 '하양'이란 두 글자
빨간 불 시그널에 졸고 있던 곳이다
　—「하양河陽의 강물⑤」 전문

　하이데거가 횔덜린의 시를 통하여 시의 본질을
설명하면서(《Holderlin und das Wessen der dichtung》)
시는 '존재에 대한 통찰'이라는 의미에서 귀향의 노
래라 했다. 그런가 하면 여러 문인들이 '문학이란
고향으로 가는 길이다.'라고 했다. 이것은 새롭지
않은 말이지만 새롭다. 고향이란 사람마다 다르고,
세월이 가도 사람의 생존 이치가 다르지 않은 까닭
이다. 그 다르지 않은 것의 으뜸이 유년기의 기억이
다.
　도광의 시인에게도 고향은 삶의 근원적인 현장이
다. 나와 이웃과의 관계, 자연과의 친연, 자아와 타
자가 합일되는 곳이 고향 동강리다. 그곳에는 경계
가 없다. 이런 경계의 삭제削除 속에는 합리주의를
넘어서는 생철학이 공동체의 인간사를 형성한다.

「하양河陽의 강물⑤」의 화자는 자색의 분이를 만나면 둘이 한꺼번에 꽃잎 오므리고 벌어진다. 이게 무슨 소린가. 생명탄생의 원시적 몸짓이 아닐까. 음사陰事의 식물학적 상상력, 낯설고 기발하다. 「하양河陽의 강물」이 회상시제가 아닌 현재시제로 가독성을 자극하는 것은 유년공간을 기억하는 이런 시치미 뗀 회고의 현재화 때문이다.

이런 장소애Topophilia의 신비감은 「고향 안산案山에서②」도 다르지 않게 표상된다.

조청 만들던 새댁 같은 머리로
다소곳이 앉아 있는 무릇도 보고
황금 꽃술 금불초金佛草랑
검은 표범 무늬로 산길 두렵게 하는
범부채 꽃잎도 만난다
바람 자는 꽃그늘에 돌아앉아
뉘우침 많은 잎들의 울먹임도 보고
때垢 타지 않는
흰 옥잠화 하늘거림도 본다
—「고향 안산案山에서②」 전문

무릇, 금불초, 범부채, 옥잠화가 도광의 시인의 고향, 안산에만 서식하는 식물은 아니다. 그러나 사람들이 자기 고향에 어떤 꽃이 피고, 그 꽃들의 모양이 어떤지 아는 사람은 드물다. 도광의 시인은 10행이 안 되는 시 한 편에 이렇게 고향의 산야에 피는 꽃의 이름을 알고, 꽃 모양이 어떤지도 묘사하며, 박물학자처럼 꽃 이름을 연호하고 있다. 이것은 유년정서를 호출하여 독자들도 그 정서에 몰입하게 만들어 행복을 감지하게 한다. 그러나 이 시는 이런 정서 조성에만 머물지 않고 꽃잎, 꽃그늘, 꽃잎의 울먹임 속에 화자를 끌어넣는다. 자연과의 몰입으로 인간을 순치시키려든다.

시 예술이 정서 조성에만 머문다면 문학의 가치는 반감될 것이다. 시는 언어예술로서 인간을 순화시키는 기능을 한다. 이것이 시 예술의 가치다. 가령 하이데거가 예술을 감정표현이라고 말하지 않는 것은 예술의 소임을 가치창조에 두기 때문이다. 우리는 이 작품에서 하찮은 풀 한 포기 이름 없는 꽃 한 송이가 인간의 삶과 다르지 않은 가치를 지니고 있다는 사실을 깨닫는다. 그들은 거기 고향, 안산에서 꽃피우고 잎 지우면서 떠난 자의 귀환을 기다리며 그들의 개체를 보존하며 삶의 기쁨을 누리고 있다. 고향정서 호출을 넘는 생명체의 가치창조이다. 이 시가 우리를 위무하는 요소이다.

2. 인간애

시집 『무학산을 보며』에 나타나는 다른 하나의 특징적인 이미지 다발은 인간애와 관련된 것들이다. 인간애는 시의 보편적인 정서이다. 따라서 도광의 시인만의 특징이라고 말할 수 없다. 그러나 시인 도광의는 자기 주변의 인물, 함께 자라던 친구의 이름, 혹은 친족, 혹은 사춘기적 소녀의 이름을 실명으로 부르며 정을 쏟는다. 그러니까 그의 인간애는 현재상황이다. 20여 년 전의 일을 호출하는 「정우섭 씨」에서 이런 사실을 확인한다.

용인傭人 정우섭 씨가 휴게실로 난로를 설치하러 왔다
"선생님예, 저 이월 달에 그만둡니다"
"왜요? 무슨 일이 있어요?"

"정년퇴임이라예"

"아, 벌써 그렇게 되었습니까?"

"교장 선생님이 몇 년 더 봐줄라꼬 하는데 힘들어서 인자 못합니더…… 자전거로 두 시간 반 걸리거든예, 요새는 자동차 때문에 자전거 댕길 곳이 없어예, 마카 옛날 같지 않아 이젠 못하겠심더"

"정 주사, 차 한 잔 드시지요"

"아이고, 선생님 고맙심데이"

운동장에 행사 끝나고 나면 도시락 반잔이나 빈 병을 자전거에 싣고 가는 정씨를 가끔 본다. 나는 안락과 나태한 습속習俗에 빠져 출근이 늦는데, 육십 리나 되는 거리에서 출근한다. 나는 시를 쓴답시고 심각한 표정으로 창밖에 눈을 주고 있을 때, 나무에 물을 주고, 쓰레기 분리수거를 하고, 연통을 철사로 묶는 정씨는 부지런하기 그지없다. 전직 대통령 이야기에 열을 올릴 때도 아랑곳하지 않고 묵묵하다.

용인傭人 정우섭 씨가 난로를 설치해놓고 갔다. 자전거 페달 밟으며 발을 옮기고 있을 그를 생각하고 있는 동안, 휴게실 난로는 수증기 올리며 주전자 물이 끓고

있다

　　—「정우섭 씨」 전문

　이 작품은 시라기보다 산문에 가깝다. 시적 정서
는 넘치지만 시가 운문으로서 갖춰야 할 조건은 거
의 결여되어 있다. 그러나 시가 사람의 심정을 어떤
상태로 이끌기 위한 말 자체의 형식signifiant으로만
성립되는 것은 아니다. 「정우섭 씨」는 리듬, 압축,
응결의 언술은 아니다. 하지만 서정적 분위기가 시
를 형성한다. 화자가 정우섭 씨에게 보내는 감정은
서정적 영혼의 주체적 발현이다. 이런 점에서 「정우
섭 씨」는 도광의의 여느 작품과 다르지 않다. 시를
수사로 싸서 의미를 다양하게 만드는 것과 시의 주
제가 산문체 문장에 의해 긴장감이 느슨해지는 것
은 우열관계로 따질 사안이 아니다. 인간문제를 탐
구하는 것이 시의 본질이라 한다면 둘 다 시가 감당
해야 할 과제다.

　도저한 시인, 도광의가 자존심을 꺾고 자신의 삶
을 반성한 작품은 「정우섭 씨」가 유일할 것이다. 용
인 정우섭 씨가 설치해준 난로 위의 주전자의 물이
끓는 것을 바라보는 시인 선생은 퇴직 인사를 한 뒤

지금 자전거 페달을 열심히 밟으며 집으로 가고 있을 그를 자신과 대비하고 있다. 그러면서 자신은 시인이랍시고 심각한 표정을 지으며 나태한 삶을 산다고 반성한다. 이런 점에서 이 작품은 에피타프의 성격을 담은 도광의의 인간애 백서이다. 도광의는 시인으로서의 자긍심이 대단히 높다. 그리고 그런 자긍심 높은 선생의 지도로 그의 제자 중에는 자긍심이 하늘을 찌르는 문인이 여럿이다. 마치 「죽은 시인의 사회」의 존 키팅 선생처럼 학생들을 지도하였고, 그는 학생들의 사랑을 받은 결과다. 그런데 존 키팅 보다 한 수 위다. 「정우섭 씨」 앞에서는 자신을 납작하게 낮추기 때문이다.

도광의 시인의 이런 인간애를 땅 냄새가 고소한 나이 탓이라고 할지 모른다. 그러나 그를 조금이라도 아는 사람은 이 시를 지배하는 정서가 시적 수사가 아니라는 것을 금방 알 것이다. 그는 천성적으로 부성애 같은 인간미의 소유자다. 그와 밤늦게 술을 마셔본 사람은 그가 대취한 술친구들을 뒷좌석에 태운 택시를 타고 한 사람 한 사람 귀가시키고 자기는 마지막으로 귀가 하는 것을 보았을 것이다. 후배에게는 교통비를 손에 쥐여 주고, 직업이 신통찮은

제자에게도 교통비를 윽박지르듯 준다. 나는 그런
대접을 받았고, 그런 현장을 목격했다.
  시인 도광의의 이런 인간애는 박용래를 기리는
시에서도 발견한다.

    논둑의 자운영
    외로울 때 만나고
    산의 엉겅퀴
    괴로울 때 만나는

    바보 같은 시인이여

    저승에서도 오류동 새장에서
    시로 빚은 술 하염없이 마셨지만

    논둑에 만나는 자운영
    외로운 그림자는
    산에 만나는 엉겅퀴
    괴로운 그림자는

    무덤 앞에 엎어진 잡풀 되어

눈물로 흐르고 있다

바보 같은 시인이여
　─「박용래朴龍來」에서

　시인 박용래가 죽어서 잡풀이 되었단다. 죽어 엉
겅퀴와 만나는 눈물의 시인 박용래를 '바보 같은 시
인이여'라며 안타까워한다. 박용래는 잘 울었다. 일
찍 죽은 누나에 대한 정 때문이고, 모든 살아가는
것들에 대한 안쓰러움 때문이다. 도광의도 정이 많
다. 도광의는 그리운 시인이 생각나면 먼저 그 시인
의 시를 줄줄 왼다. 그리고 눈을 지그시 감고, 고개
를 들고 또 시를 왼다. 그는 많은 시를 외우는 엄청
난 재능이 있다. '박용래'를 '바보 같은 시인이여'라
부를 때도 그의 「싸락눈」이나 「강아지풀」을 읊조렸
을 것이다.
　도광의 시인과 박용래는 닮은 데가 있다. '땟자국
으로 윤潤이 나는/ 청마루에 앉아 박용래朴龍來 시를
읽기'(「꽃 물이 든 안경 하나」)때문이 아니라, 도광의
시인이 『甲骨길』에서 짧은 시행, 반복과 병렬구조,
간결하면서도 응축된 구어로 시를 갈무리할 때부터

서로 닮았다. 박용래 시인이 강아지풀, 엉겅퀴, 각시풀, 호박꽃, 상추꽃, 아욱꽃을 노래하듯이 도광의 시인은 무릇, 금불초, 범부채, 옥잠화, 참꽃, 미루나무, 팽나무, 조팝나무, 날도래, 까치를 노래했다.

3. 都光義 詞伯을 위한 헌사

도광의는 대구에 大餘(김춘수) 등 몇몇 기성 시인의 뒤를 잇는 너댓 선두 시인 가운데 한 사람이다. 그와 나는 학부시절 김춘수 교수의 『시론』 강의에서 R.M. 릴케의 「두이노의 비가」를 들었고, 민윤기 교수(영문과)의 '문학개론'을 들으며 주지주의를 깨우쳤다. 그런데 도광의는 문리가 터져 시인이 되었고, 나는 시험만 치고 다 내버리고 학훈단 훈련을 받았다. 도광의 시인은 비닐로 만든 누런색 큰 가방을 옆구리에 끼고 같은 과 학생들을 아우처럼 몰고 다녔다. 죽이 맞는 친구를 만나면 캠퍼스의 다복솔밭을 까투리 새끼처럼 기어 다니며 막걸리를 마셨다. 그때 그는 속에서 무슨 열기가 치밀어 올라 그걸 막걸리로 식혔던 것 같다. 향촌동 어느 곳에서도 그렇게 술을 마시고 다닌다는 소문이 돌았다. 그러다가 시인이 되었다. 「비 젖은 홀스타인」(1965년 매일신문 신춘문예 詩 가작), 「海邊에의 鄕愁」(1966년 매일신문 신춘문예 詩 당선)이다. 마산고등학교 국어교사 시절이다. 그는 20대의 막연한 그리움을 그렇게 이 국정조로 형상화시킴으로써 그리움의 몇 할을 통제할 수 있었다. 그것은 미항 마산이 풍기는 바다냄새가 감성 강한 도광의를 자극하고 도왔기 때문이고, 천성의 낭만기질을 충동질했기 때문이다. 그렇게 그는 우리 또래 문청들의 선망의 대상인 최초의 신춘문예 시인이 되어 폼을 잡았다.

도광의 시인은 김춘수 교수의 릴케 강의를 제대로 이해한 듯하다. 이것은 나 같은 문청들의 기를 죽인 『甲骨길』의 탄생비화에서 드러난다. 도광의가 마산고교 교사시절 외상술값 계산하고, 다시 마신 외상술에 기분이 올라 문득 함안여고 노총각 한하균 선생이 보고 싶어 70리를 한걸음에 달려가 만나 또 마시고 대취하여 여관에 들어가 자고, 그 새벽, 철길을 따라 함안에서 마산까지 걸어왔다. 북마산역에 도착할 무렵 날이 밝았단다. 하숙방으로 기어들어가 한 숨 자고, 출근하려고 일어나 창에 낀 성에를 닦자 마산 함포만이 부옇게 들어온 순간, 눈에서는 눈물이 흘러내리고 입에서는 시의 첫 말이 자기 발로 걸어 나왔다고 했다.(매일신문. 2008.2.1.) 그게 '경남 함안여고/백양나무 교정에는/ 뼈 모양의/ 하얀 甲骨길이 보인다. …(중략)…사십대 노총각 한 선생은/유년의 여선생을 생각이라도 하는 걸까./벼익은 하늘의/먼 황소 울음에 젖다가도/삼천포 앞바다의/ 片 구름을 바라본다.'이다.

이것은 릴케가 시를 쓰는 것은 자신이 아니라 '외부로부터', 또는 '위로부터 복음이 오며 미지의 힘이 자신으로 하여금 받아 적게 한다.'는 것과 다르지 않다. 릴케는 「제1 비가」를 아드리아 해안에 거친 북동풍이 몰아치던 어느 고독한 한 날 바다로 나갔는데 그의 '안에서 누군가가 소리치는 것을 머리를 흔들며 놀라움 속에서 받아 적은 작품'이라 했다. 발상과 창작 과정이 닮았다. 특히 처절한 고독 끝에 돈오頓悟가 강림한 것이 똑 같다.

도광의는 시력이 55년이다. 그런데 4권의 시집은 너무 적어 안타깝다. 첫 시집 『甲骨길』(1982)에서 『무학산을 보며』까지 거리가 거의 40년이다. 도광의가 '시란 존재의 한순간을 잊혀지지 않는 그리움으로 나타낸다.'라 할 때, 그 '한순간'이 '돈오頓悟'일 텐데 시집이 10년에 한 권인 것은 '점수漸修'가 너무 길다. 왜 그럴까. 시를 함부로 쓸 수 없다는 도저한 인문주의 정신 때문일 것이다.

그러나 도광의 시인의 시는 아직 젊다.

마산 가포 바다 물결이 미백微白을 일으켜 남자 뺨 찰싸닥 때려야 여자가 남자를 잊을 수 있다고 말했다/ 남해 창선도 바다 물결이 파랑波浪을 일으켜 남자 뺨 세차게 때려야 여자가 남자를 잊을 수 있다고 말했다/ 여수 소리도 바다 물결이 풍랑風浪을 일으켜 남자 뺨 사정없이 때려야 여자가 남자를 잊을 수 있다고 말했다/ 세월이 흘러 줄사철나무에 눈이 내려, 회오悔悟의 깊은 수렁에 눈이 내려, 푸른 줄사철 잎이 슬픈 빛 띠고, 여자가 남자 뺨 미련 없이 때려야 여자가 남자를 잊을 수 있다고 말했다/ 그리고 작은 시내가 아니라 큰 바다가 만드는 파란波瀾을 보아야 여자가 남자를 잊을 수 있다고 말했다
　　―「트로이메라이」 전문

팔순이라는 그 생물학적 연치와는 달리 젊다고

119

표현할 수밖에 없다. 파도의 유퍼니가 남자의 뺨을 찰싹 때리는 불쾌음cacophony으로 변용되더니 그 기표signifiant가 이별의 기의signifie로 전환되어 마침내 남자, 여자, 바다가 화합하여 트로이메라이의 낭만으로 형상화되고 있다. 남녀의 질긴 인연을 '짧은 시행, 반복과 병렬구조, 응축된 어휘'로 회감回感Erinnerung 시키는 이 서정시는 20대의 도광의가 마산 함포만의 여명을 보며 『甲骨길』을 일순간에 쏟아낸 그 낭만적 기질이 아직 생생하게 살아 있다는 사실을 증명한다. 그는 아직 여자에게 찰싸닥 뺨을 맞을 만큼 힘이 세다. 그렇다면 도광의 사백은 팔순이 아니다. 그래서 그는 어느 날 비슬산 대견사 전망대에서 일망무제로 확 트인 돌강(너덜겅, 덜겅)을 바라보다 그의 '비슬산 비가'를 쏟아낼지 모른다.